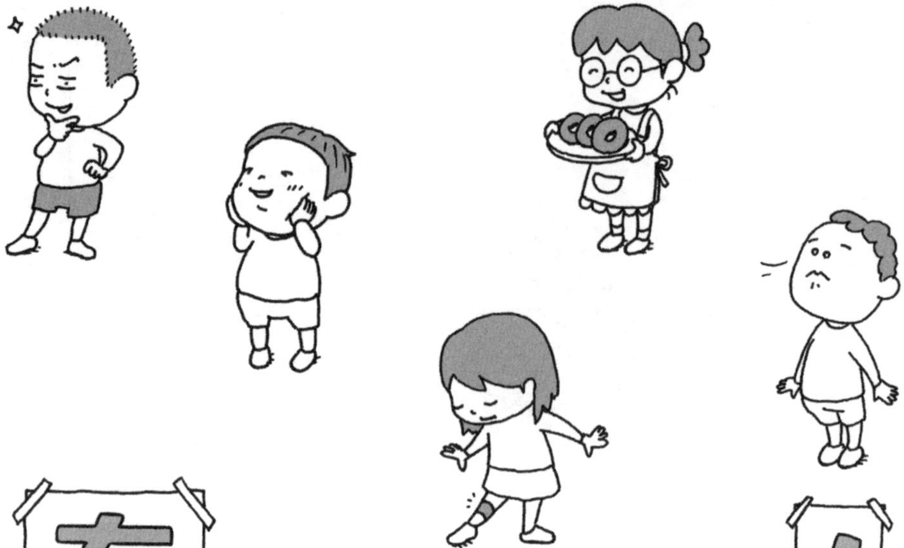

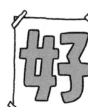

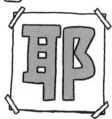

# 真好耶！

## 小學生快樂生活日記

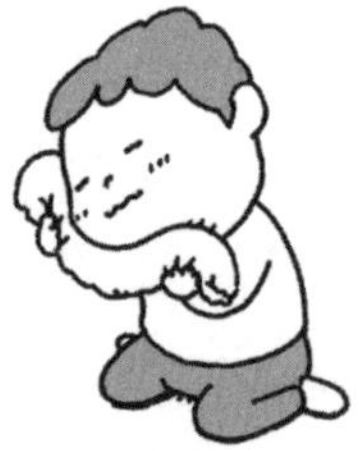


筒井共美 著

吉竹伸介 繪

許婷婷 譯


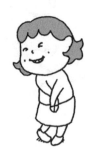

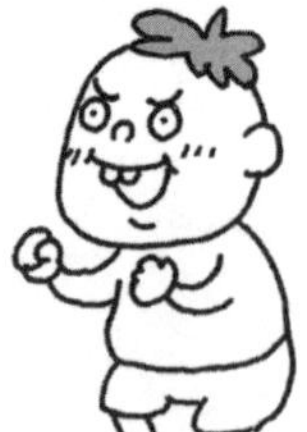

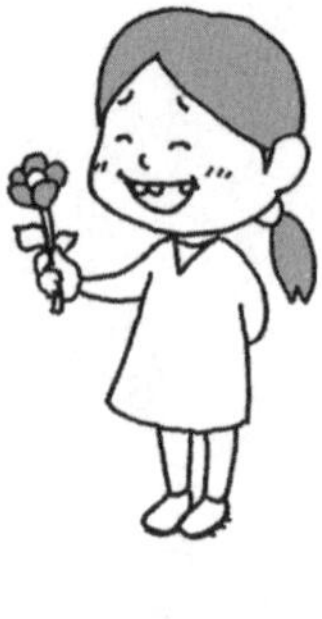

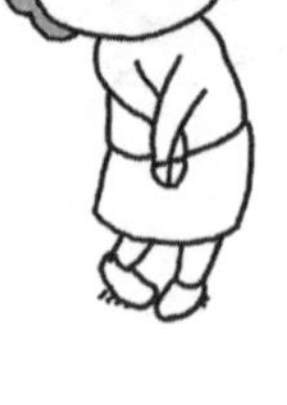

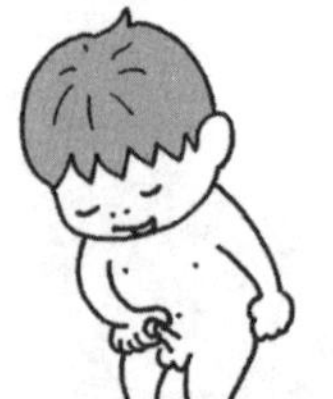


小麥田

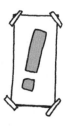

# 目次

譯者序

# 讓我們感到「真好耶」的那瞬間

文／許婷婷（本書譯者）

還記得收到《真好耶》時，一翻閱就愛不釋手，利用整整兩天的時間一口氣完成翻譯！非常有意思，可堪稱《君偉上學去》的日文版，我家小朋友學齡前最愛的橋梁書就是這套書，CD更是每天睡前不可或缺的精神食糧，聽到我都張君偉上身，因此譯起來更是猶如神助。

《真好耶》和《君偉上學去》一樣都是走詼諧逗趣路線，不同的是——書名和每篇短文明明標題都是「真好耶」，但文章往往是以負面的情緒開頭，不過，文字中充滿了將壞心情轉換為正面思維的換位思考。每篇讀來，格外令人捧腹大笑，又讓人點頭如搗蒜！

翻閱《真好耶》，重溫故事中每個孩子在挫折與失敗中掙扎著長大的勇氣，讓我感觸良多。近來在報章雜誌上看到一個引人發想的教育議題，內容提到台灣十五歲的孩子在PISA測驗中，除了學科表現高於他國外，也發現台灣學生「害怕失敗指數」是全世界最高，雖說「失敗為成功之母」，人人都想要成功，但若是為了確保成功，就想極力避

免失敗，這樣不就只是追求速食方便主義，樣樣只挑簡單的事情做，變成畏頭縮尾，打安全牌了。因此，鼓勵孩子挑戰困難，並且包容孩子的失敗，然後再從失敗中勇敢站起來，轉敗為勝的戰鬥精神，更是可貴。

最近有一個流行的詞叫做「情緒靈敏度」，意指無論在思考或感覺上，都能靈活敏銳的對日常生活的情境產生最理想的反應，不讓自己陷入糾結的情緒裡，懂得管理負面感覺與想法，學會讓自己破繭而出。

人人都知道要擺脫負面思考轉化為正能量，但關於正面思考，哈佛醫學院的講師蘇珊．大衛在《情緒靈敏力》中提到：「正向思考雖然有其優點，但若是過度的推崇或依賴正

向思考，反而容易陷入以為只要往好處想，所有問題就能迎刃而解的迷思。」她還指出：「當負面思維或是不好的情緒出現時，愈是想要壓抑住某個想法，那個想法就愈會停留在大腦中，負面的情緒亦是如此，愈是抑制，就愈可能造成心靈的反撲。」

在《真好耶》一書中，不管是長得瘦瘦小小的四眼田雞阿翔，或是容易跌倒的小美，就連作者本人也在後記中提到，孩提時代的自己也不時會陷入負面情緒，直到她「轉換思考，認為自己也並非事事都做不好，既然如此，那就來做些自己做得來的吧」。生活的每個浮光掠影中也許不能事事盡如人意，但在人生的下個轉角處，從樹梢傾瀉而下的陽光

和偶然在天空飄過的白雲，只要一仰頭一俯地，有很多瞬間
都會讓我們覺得「真好耶」！

真好耶！

不管是你或我，或是每一個人，
無論是在內心深處，或是在身體裡，
請常常想著「真好耶」這句話吧！

因為我們擁有好多、好多「真好耶」！

# 「英雄」真好耶

跟我最要好的傢伙是個英雄。不僅跑得飛快，足球很強，在棒球社還是王牌打者，專打第四棒。厲害吧！

而我，長得瘦瘦小小，個子不高，還是個大近視眼。家裡的爸媽和妹妹及我都是戴著大大眼鏡的四眼田雞。

雖然是這樣不起眼的我，但只要是那傢伙出場的棒球比

賽，我都會去捧場。當他在球賽進行中發現我在場，就會趁著跑回座椅休息區時，打暗號給我，有時還會為了聽聽我的建議，特地越過圍欄來找我。

這時，我就會給他來個及時且確實有用的建議，例如，用近身球一決勝負吧，或是球看清楚再打！那傢伙絕對不會把我的建議當作耳邊風，他一定會持續投好球，有時還會打出全壘打。

再過不久，就是小學校際錦標賽，那傢伙理所當然是王牌打者，打四棒的位置。

對了，我也去買了一雙釘鞋。但我並不是為了要在棒球場跑步，而是為了更迅速的給他建議，我可能要沿著圍欄

跑。想到那可能派上用場的一刻，我的內心熱血沸騰。

那傢伙是大家心目中的英雄，長得又帥，是我們班上最受歡迎的。這種英雄人物的好友也都不是省油的燈。雖然這是我們之間的小祕密，但在功課學習方面，我總是大方的借筆記本給他，這是真的喔。英雄般響噹噹的人物如他，其實不太會做筆記。而我不但懂得寫重點，字也工整漂亮。

唉呀，棒球飛過來了。雖然是界外球，但可是英雄阿和擊出的球喔。我朝著球的方向跑了過去，可惜還來不及穿上新的釘鞋，跑得不好，沒辦法像大家一樣跑那麼快，就連跑在我後面的貓咪也輕鬆的追了上來。

「咦，怎麼有隻貓咪呀？」

不知道什麼時候，居然有隻貓咪從我身邊飛速跑過。貓咪朝著球迅速奔了過去。我壓根兒不想輸給貓咪，於是我也使盡全力往前衝，跑到上氣不接下氣，卯足了吃奶般的勁。在最後的緊要關頭，我終於搶先接到了球。這時，阿和隔著圍欄出聲叫住了我：「阿翔！超強的，剛剛你真的跑得超級快耶！」

真的嗎？喘著大氣的我內心十分歡喜，我緊緊抓著球，朝著阿和的方向將球用力投了過去。阿和準確的一把接住了我的球。

咦？奇怪，剛剛那隻貓咪呢？跑哪兒去了呢？真可惜呀，我也想讓那隻貓咪看看英雄阿和聽了我的建議後，擊出

完美全壘打的模樣呢。
我相信阿和與我，永遠是最要好的夥伴，一直都是喔！

# 「膝蓋」真好耶

我呀，比其他人更容易跌倒。雖然我總是小心翼翼注意腳下，但還是常常不小心跌倒。原因出在我天生連接腳的關節（叫「股關節」的那個地方）有點變形，因此我走路的方式比較笨拙，才會常摔跤。聽媽媽說她也是這樣，據說這個比較容易發生在女生身上。

如果要說跌倒後，什麼是我最討厭的，我想與其說是疼痛，不如說是腳上留下傷疤這回事吧。因為腳擦傷了，血滲出來，就算塗上了藥，但皮膚還是沒有恢復原狀，萬一傷口結痂，那就更醜了。就算捆上繃帶，綁上護具，還是醜到爆！

班上的男同學和女同學看到我傷痕累累的膝蓋，都會在背後暗暗偷笑。妳呀，到底會不會走路呀？妳喔，這樣以後不能穿迷你裙了啦，等等。

雖然被嘲笑很無可奈何，我在班上依舊沒有半個好朋友。大概是因為我才轉學過來沒多久吧。我想再過一陣子，一定可以交到知心好友。不過，我想也許還是很難吧。

今天我又跌倒了，只能忍著痛回到了家，自己幫受傷的地方敷藥、包紮一下。因為媽媽在上班，我放學回家時她通常都不在，所以我已經習慣自己塗藥了。媽媽常說，小美長大後可能會成為外科醫生喔。雖然我一點都不想當醫生。

擦藥、包紮完後，我在膝蓋綁上護具。那是媽媽昨天幫我洗乾淨後晒乾的白色護具，會令人忍不住想在上面塗鴉呢。

對耶！就在上面畫個圖吧！我靈機一動，護具的白色材質不是跟水彩的畫布很像嗎？

我用彩色筆在護具上畫了小花朵。當我把膝蓋一屈一伸，花朵就好像在跳舞般綻放。不只一朵花，我要在上面畫

更多更多花！我要讓傷痕累累的膝蓋變成百花綻放的花園！

明天班上的同學看到，不知道會怎麼說呢？雖然有點擔心，但也很期待唷！

# 「鼻孔」真好耶

怎麼辦？我剛剛把衛生紙撕下來，捲成圓圓的，沾上口水，再揉成一團塞到鼻孔裡面玩。都怪我太閒了，而且還不想做作業，才會這樣。結果沒想到……竟然挖不出來了，就算一直伸長手指拼命挖，衛生紙還是愈卡愈裡面，好難受啊。

偏偏在這個時候，媽媽不在家。我一個人和鼻孔裡挖不出來的衛生紙奮鬥時，門鈴響了。一定是媽媽回來了！

我匆匆忙忙打開門，站在門口的原來是收報費的大哥哥！我內心突然一陣失望，加上因為太難受了，所以我張著口呼呼的喘著大氣，大哥哥看了嚇一大跳，連忙出聲問道：「怎麼了？發生什麼事？」我一邊大口大口喘著氣，一邊比手畫腳的說明。

此時，大哥哥匆忙進入家裡，往廚房方向衝去，然後拿出兩根筷子說：「來，我幫你。」隨即把我的臉往上抬，再把我的鼻孔朝上撐，就這樣把兩根筷子伸入我的鼻孔裡，「咻」一聲夾出了衛生紙團。沒想到大哥哥一下子就幫我取

出衛生紙了！

鼻孔終於可以咻咻咻的呼吸，我高興的笑開了。大哥哥說：「我家的弟弟，小時候也曾經把香菸盒裡的銀紙捲一捲，塞入鼻孔裡，就卡住了，最後還得找醫生取出來。但是，你猜猜後來發生了什麼事？」我搖著頭，猜不出來。大哥哥得意的繼續說：「結果呀，銀紙團裡面又找到一顆小栗子呢！」

我看著大笑到不能自已的大哥哥，突然想到，小小的鼻孔實在真厲害呀。彷彿就像宇宙的黑洞一般，不管什麼都可以吸進去。

後來，門「砰」的一聲關上，大哥哥沒有收到報費就回

去了。我看著手掌心裡被我搓得圓圓的衛生紙團，內心有一種奇妙的感覺，不禁伸手輕輕摸了一下我的鼻孔。

不知從何處傳來了貓咪的叫聲。其實我家以前曾經養過貓咪，但不知何時貓咪就突然不見了。是說貓咪很大隻，該不會是被我的鼻孔黑洞給吸進去了吧？

# 「睡不著」真好耶

我呀，最近睡不好，就算躺上了床，也常常翻來覆去睡不著。

跟媽媽說了以後，媽媽大笑著說：「失眠是大人才會有的問題，像小桐妳這種小朋友是不會失眠的啦！」為什麼媽媽可以說得這般斬釘截鐵呢？雖然我的確不是大人，但我確

實也有睡不著的時候呀。請不要隨便說小朋友一上床馬上就會睡著嘛。

媽媽還跟我說：「如果真的睡不著，妳就數羊看看吧。媽媽小的時候也是這樣，一隻羊、兩隻羊、三隻羊……馬上就會睡著了。我猜小桐妳大概最多數到三十隻羊就會睡著了吧。」

那就照媽媽說的來試試吧。我上了床，鑽進了被窩，再把床頭燈調暗一點，開始在腦海中想像小綿羊的樣子。

不行！畢竟我並沒有見過真正的綿羊，所以無法正確的想像出綿羊的模樣。綿羊是咩咩叫吧？咦，難道是山羊？咩咩叫的到底是綿羊還是山羊呢？那毛衣和毛線到底是來自綿

羊或山羊哪一種呢？

想到這些，就更不想睡了。我放棄去想像從未見過的綿羊，決定要想一些更好玩的事。例如：酸酸甜甜的覆盆子塔、可以把鞋帶變成輕飄飄緞帶的水藍色休閒鞋或是……我喜歡的「那個」，連媽媽都不知道的、我最喜歡的「那個」！

我把棉被拉到眼睛下方，心臟撲通撲通的跳得好大聲。我心想若是我的好朋友小綾，她會想著什麼事入睡呢？小綾喜歡喝湯，而且她會做各式各樣的湯品，例如香菇清湯、雞肉蕪菁湯、南瓜濃湯等等。她睡前想的也是我們都最喜歡的那款脣膏嗎？聞起來香香的、味道甜甜的，我們有許多淡淡

的粉紅色脣膏，就算塗在嘴脣去上學也不會被發現，連媽媽都看不出來呢。媽媽以為她了解全部的我，什麼事都想幫我決定，其實我也有媽媽不了解的一面呢，例如我喜歡的「那個」等等。

說到「睡不著」，其實充滿了讓人心動的祕密，感到心跳加速，真好玩。

# 「巨無霸大便」真好耶

學校發生了驚天動地的大事件。聽說在二樓走廊盡頭的廁所裡，出現了沖不下去的大便！據說那便便實在太大條了，一點也沖不掉，完全文風不動。

大家一聽到消息，都衝到廁所去，我當然也狂奔過去。但是廁所已經人山人海，擠得水洩不通，所以我寸步不得靠

近。就連老師都發威了，大聲怒吼：「快，全部給我回教室去！」

因為大便太大條，據說沖了好幾遍都沖不掉，到底是多麼巨無霸的特大條大便呢？老師在黑板上寫著數學算式，我一邊恍惚瞧著，一邊想像了起來。在白色馬桶裡橫躺著的巨型大便——一條咖啡色中帶著閃閃光澤的超級大便。巨無霸大便和我的手臂相比，不知道哪個比較粗呢？我才不想輸給大便呢，所以我悄悄彎起手臂，用力擠出了肌肉。

但手臂還是沒因此粗多少。其實我一吊單槓馬上就會掉下來，和同學比腕力也從來沒贏過。好！我要從現在開始鍛鍊肌肉，一定不能輸給一條大便，我要練出粗壯的手臂。

那條巨無霸大便到底是誰大的呢?大家拼命尋找犯人,但還是一無所獲,現在依舊是一片謎團。

聽說打掃的阿伯拿了把手長長的剪刀,一把將大便喀嚓剪成了兩段,好不容易才沖掉。實在好厲害喔。

要是我在家裡大了這麼大條的巨無霸大便,而且沖不掉,不但會被媽媽罵慘,還會覺得超級丟臉。但是,就在這不知不覺間,那傢伙居然悄悄變成了我心目中的大英雄。想到那不知名的大便英雄,我心臟不禁撲通撲通的跳了起來!

巨無霸大便,實在太厲害呀了。大出來的時候應該會無比暢快吧,大家一起尋找犯人也像開同樂會般熱鬧歡樂。雖然女生都避之唯恐不及,但說不定犯人是女生呀,那不就更

厲害啦。

希望將來有一天，我也可以大出一條像英雄那樣的巨無霸大便來看看。

# 「跌倒」真好耶

我跌倒了！平常我都是和朋友一起走路回家，但那天我是自己一個人。

那天放學回家時，有件事情愈想愈懊惱，又沒人可商量，所以我就用力踢了在路中間滾來滾去的小石頭發洩，結果就不小心跌倒了。我撞到了膝蓋，在馬路上滾啊滾，最後

跌得像狗吃屎一般，橫躺在馬路中央。

好痛，好痛喔。因為是粗糙的柏油路，所以我的手掌和膝蓋都疼到發麻。我掙扎著想爬起身，正抬起頭一看，我震驚了。因為，我所跌倒的馬路周圍，還有對面，完全是我不曾見過的嶄新世界。

不管是房子或電線杆，還是走路的行人，看起來都變得無比巨大，當腳踏車逐漸靠近時，我害怕到眼淚都快掉下來了。

可是，我沒哭，我緩緩移動身體，慢慢滾到路邊。因為我想再多待一會兒，再多看一眼這突然變大的新世界。

小草茂盛的生長著，但我不知它們的名字。我伸出痛得

發麻的手，輕輕碰觸小草。我本來想拔起這些小草，卻完全拔不起來。因為這些小草是從柏油路面的裂縫中長出來的，根緊緊的抓著地面。我把臉靠近這些路邊小草，聞到了帶著塵埃的味道。

剛剛我伸腳要踢的小石頭也在一旁。靠近一看，其實粗糙堅硬，是塊相當大的石頭呢。看來我是沒辦法輕鬆踢飛這塊硬石頭的！

草叢的根部有小蟲蠕動著。不只一隻，而是好幾隻。我對昆蟲不太熟悉，不知道牠們的名字。等回家後，再來好好查查昆蟲圖鑑吧。

啊！有什麼東西碰到了我的手臂。我驚恐的轉過頭一

看，原來是有隻貓咪正從我的身邊經過。貓咪翹著高高的尾巴噠噠噠快速走過。

「喂，小貓咪！」我出聲叫了牠，但是貓咪假裝沒聽到，就走遠了。那隻貓是俗稱的「三花貓」。身上有白色、黑色及咖啡色等小小花紋，我家以前養過，因此我知道三花貓一定都是母貓。

雖然跌倒很痛，但也看到了一個有趣的新世界。如果只是偶而為之，跌倒一下其實真好耶！

# 「打招呼」真好耶

我呀，是個討厭跟不喜歡的人混在一起的人。因為明明不想笑，還要跟著一起嘻嘻哈哈、談天說地……

我也非常討厭打招呼。為什麼每天早上上學一見到人，就要大聲打招呼說「早安！」或是「待會見」呢？

因此，我總是盡可能的裝作沒聽到，一個人低頭走進校

門，再一個人默默往教室走。

「那傢伙」突然就站在我的面前，明明我跟她一點也不要好，而且我對她一點興趣都沒有，怎麼就突然擋在我的前面呢？然後，她的右肩重重的撞上我的右肩，隨即壞心眼的一笑，就迅速溜走了。

我震驚極了！只能站在原地，一步也無法動彈。等我回過神，已經張著口，喘著大氣。那傢伙是一個月前轉學來的，名字似乎是夏實。

第二天，她又站在我面前，撞了我一下。再隔天也是。但是再隔一天，她沒有出現。我在校園裡東看看、西瞧瞧，尋找她的身影，都找不到。當我正想一個人低頭走進教室

時，突然聽到由遠而近的腳步聲傳了過來，一轉身，便看到她朝著我奔跑。

我兩腳稍微站得開開，用我的右肩迎上她的右肩。「砰！」我不小心笑了出來，她也笑得燦爛無比。或許這是一種打招呼吧，感覺也滿好玩的。若是「用撞肩代替打招呼」，那麼我應該可以接受。

在那之後，我們漸漸開始聊天，彼此稱呼對方的小名——小夏與小玲。

放學後，我要離開校門時，小夏也剛好要離開，所以我們兩個就不知不覺肩並肩一起走路回家。學校附近有個小小的坡道，我們慢慢步行下坡。

突然有隻貓咪竄到馬路中間，接著便直挺挺的坐著一動也不動。但是，當貓咪發現我們靠近後，就抬起屁股跑走了。我們不由得邁開步伐追起了貓，就這樣兩人匆匆的衝下了坡道。我聽到了風聲從耳邊呼呼吹過，感覺真好耶。雖然我們怎麼也追不上貓咪。

我想，這都是因為小夏用撞肩跟我打招呼，我們今天才會在這裡，一起為了追貓而奔跑吧。

# 「臭臭」真好耶

我不喜歡奶奶，因為奶奶有口臭。

每次和朋友踢完足球回家，在電視機前打瞌睡的奶奶總是會叫住我。「小健，過來奶奶這邊。奶奶幫你秀秀！」

我心裡其實很討厭，因為我早就已經不是需要秀秀的年齡了。我連在踢足球時都當過守門員呢。

但是，奶奶一直狂叫我，雖然心不甘情不願，還是去了奶奶身邊，可是奶奶的嘴巴好臭喔。當奶奶想要抱緊我的時候，我拼命掙扎，想要逃跑，當我一轉過身，奶奶縮著背，身影看起來小小的。

奶奶死了。

聽爸爸媽媽說，雖然叫了救護車，可惜已經來不及了。原來奶奶一直生病著。儘管我不是很清楚，但似乎是病了好久。為什麼爸爸媽媽不告訴我呢？我雖然已經不是需要秀秀的年紀了，但如果早點知道的話，當奶奶想抱我時，我絕對不會逃開的呀。

葬禮結束後，奶奶雖然已經不在了，但我還是聞得到奶奶的味道。我不由得大力的吸了一口氣。明明那麼臭，明明之前那麼討厭這個味道，但是一聞到就覺得奶奶彷彿在我身邊，不知怎麼了，我的心底好似一搭一搭的緊緊抽痛著，好想再見奶奶一面。

那隻貓咪又來了。在奶奶過世隔天，我第一次在我家庭院裡發現了牠，自此之後，小貓咪就常不請自來。但是我一想要抱牠，牠就一溜煙的逃走了。

明明我那麼想抱卻抱不到，不知道那隻小貓咪聞起來是什麼味道？會臭嗎？小貓咪和奶奶哪個比較臭呢？

口臭雖然討厭，但是回想起奶奶的口臭，又覺得有些想念，臭臭的味道真好呀。

# 「光著腳丫」真好耶

我呀，做了一件很刺激的事，讓我深深感覺到自己如果不是女生就好了。

週日午後，我在房間裡發呆時，煩人的表姊來找我。「我已經是個國中生了，你們小學生都要聽我的。」她總是一副耀武揚威的模樣，當我們是小孩子看待。她說：「來，

不要再做白日夢了，我們去賞花吧！」我不要，賞花才不是我這個年齡該做的事。

但是表姊喋喋不休、非常煩人，我只好跟她出門了。

家裡附近有個以櫻花聞名的公園。裡面有許多大棵的櫻花樹，現在雖然是櫻花盛開的季節，但昨晚颳起了強風，櫻花被狂風吹落，地上滿是散落的花瓣。看起來就像是櫻花地毯。表姊坐在公園角落的長條椅上，突然脫下了襪子和鞋子，光著腳丫。

正當我驚訝到目瞪口呆時，表姊便赤腳伸進了櫻花地毯裡。「櫻花的花瓣冰冰涼涼、溼溼潤潤，感覺好柔軟、好舒服喔。小綾，妳也來試試嘛！」

無法拒絕的我也脫下了鞋襪，把赤腳伸進了櫻花地毯裡。啊！真的耶，櫻花的花瓣冰冰涼涼的，好柔軟、好舒服，感覺真好耶。這時表姊對沉醉其中的我說：「每年春天，我們都可以這樣跟櫻花玩耍呢。櫻花雖然可用來欣賞，但赤腳玩耍還是最棒的。這是我死去的姊姊告訴我的。」

表姊的姊姊在三年前過世了，是一位非常漂亮的大姊姊。她不像表姊，不會用耀武揚威的態度當我是小孩子對待，所以我很喜歡她。如果是那位大表姊說的話，我絕對相信。下次，我要把這件事告訴我最好的朋友小桐。因為小桐說她失眠到想要數綿羊，結果數了之後反而更睡不著。我想告訴小桐，她可以試著想像光著腳丫踩進櫻花地毯裡的感

覺，這樣的話，也許會覺得很舒服，然後就睡著了。

春風吹著沙沙作響，在櫻花花瓣中，我彷彿看到表姊和我的赤腳。我們的腳丫子被冰冰涼涼、溼溼潤潤、柔柔軟軟的花瓣包覆著，好像比剛才更美麗了。脫下鞋子、襪子，光著腳丫真好耶。

# 「光頭」真好耶

真討厭。我只是在社團活動裝病少練習了兩、三次（其實是四、五次），就被處罰剃了個大光頭，是不是很過分？

其實呀，我最驕傲得意的就是自己這頭茂密的頭髮。我的頭髮稍帶點咖啡色，非常柔順。不管是洗髮或是潤髮，我都特別講究。有時還偷偷用媽媽的香香洗髮精。當我心儀的

女孩走過來時，我會故意甩甩頭，讓我柔順的酷帥髮型更加醒目。要是有女孩子說我好可愛，我就會擺出不想搭理的樣子。

對我如此重要的柔順酷帥髮型，現在卻被理髮器給隨便剃成了狗啃般的大光頭，我欲哭無淚的照著鏡子。

咦，感覺其實不太壞？我的頭型不錯吧。我的頭頂一片鬱鬱蔥蔥，就像是新鮮的水果。我想女孩子們看到我一定會尖叫著說：「阿廣，好逗趣呀！」這時我一定會用手摸摸下巴，皺起眉頭，擺出最帥氣的姿勢。嘿嘿，這造型感覺也不錯！多虧了大光頭，讓我又重新發現自己的帥氣，簡直酷到不要不要的！

而且整理起來也很簡單，我再也不需要媽媽的香香洗髮精了，只要用洗身體的肥皂隨便搓一搓就好了。嗯，像我這種帥哥，還是比較適合男子氣概的風格。看我渾身充滿這野獸般的粗獷氣息，大光頭其實感覺也不差，你一定也這麼贊同吧？

我在澡堂門口與一隻看我看到入迷的貓咪說說話。前陣子，這隻小貓咪不時來到我家。雖然媽媽說不喜歡貓，但是爸爸說多少就給貓咪一點吃的吧，於是我就餵小貓咪吃了點東西。我把剩下的烤魚和白飯混在一起，拌一拌，給小貓咪填飽肚子。

小貓咪據說是母的，爸爸小聲告訴我。所以，小貓咪一

見到我玉樹臨風的樣子就看傻了吧。我一把抓起小貓咪，用我剛洗好的大光頭湊近牠逗一逗、摩一摩。小貓咪「喵」的慘叫了一聲，隨即迅速一溜煙就跑走了。真是個任性的傢伙，居然不識相的從我的酷帥大光頭上逃走。

我既酷又帥，還粗獷不羈……哈啾，等一等，這個大光頭感覺有點冷呀！但是，模樣真的還不壞。

# 「飯糰」真好耶

我啊，平常大概一碗飯的量就差不多飽了。因為其他的配菜也不可以剩下，要全部吃完才行。

雖然如此，如果是飯糰的話，我就吃得下許多個。就算是三個飯糰，我也照吞不誤。平平都是飯，為什麼飯糰就比較好吃呢？

我曾經問過奶奶，奶奶回答說：「因為是我用手掌心捏出來的呀，我一邊用心捏，一邊在心裡對飯糰施展美味魔法，嘴巴念著變好吃喲——變好吃喲——一定要變好好吃喲——」說著說著，奶奶就幫我捏好了一個大飯糰，真的好好吃喔。

再過不久，馬上就是媽媽的生日了。媽媽雖然每天工作非常忙碌，但一定會好好幫我和妹妹過生日。只是我們都沒有為媽媽或奶奶慶生。為什麼呢？因為她們是大人吧，大概覺得在蛋糕上插很多蠟燭很麻煩。

我突然有個好點子。我要在媽媽生日時為媽媽做飯糰。裡面要包入媽媽喜歡的鮭魚和我總是愛點的炒甜辣蛋，還要

包些什麼呢？美乃滋口味的鮪魚也好好吃，但最棒的是炸雞塊。

但是，我可以捏好飯糰嗎？真的可以嗎？媽媽看到會不會開心呢？

好吧，我來試做看看吧。

首先，請奶奶幫我洗米煮飯。等到飯煮好了，用木製的飯匙慢慢的攪開拌鬆飯粒，然後在上面輕輕蓋上布。這樣讓飯粒稍稍降溫，之後會比較好捏製成形，而且米飯的口感味道也會比較扎實。

終於要開始捏飯糰了。把一個飯糰量的米飯放在手掌心上，這時要先用水溼潤手心，飯粒才不會黏住，這道工序

叫作「手水」。然後，沾一點鹽，用掌心一邊把飯粒搓圓成糰，一邊讓飯糰的表面全部沾上鹽巴。然後在心裡施展美味魔法，嘴裡念著：「變好吃喲——變好吃喲——一定要變好好吃喲！」

最後用力一捏，就完成了美味的鹽味飯糰囉。鮭魚飯糰的做法對我而言還太難了，所以是奶奶幫我捏。

奶奶，妳看！小貓咪叼走盤子上的鮭魚了。我氣急敗壞的大聲一喊。

奶奶笑著說：「好吃的東西不只阿正喜歡，就連小貓咪也喜歡呀。我們分牠一些鮭魚，不就好了？」

我雖然不能完全同意奶奶說的話，但是想到這些是給媽

媽的生日禮物，我也不禁開心了起來。飯糰不僅好吃，裡面還包了許許多多的餡料，飯糰真好耶。我最喜歡飯糰了！

# 「掉牙」真好耶

我的世界要天崩地裂啦！我掉了一顆門牙！啃餅乾的時候，我一用力，結果「喀擦」一聲，好像有個什麼東西從牙齒根部缺了一角似的，門牙就斷掉了。雖然是乳牙沒關係，但看起來實在很醜。尤其當我露齒笑的時候，一副呆呆的傻瓜樣。

我沒辦法張開嘴巴哈哈大笑，只能用手遮住嘴呵呵的笑，我想阿廣一定會嘲笑我。「妳呀，在裝什麼氣質呀，大笨蛋！」我才不想被班上那個光溜溜的大光頭這樣說呢。

深受打擊的我在床上翻來覆去，這時候，爺爺來到我身邊，說：「怎麼了？小春，為什麼看起來一副不開心的樣子？」我想就算跟爺爺訴說我惆悵的心情，他也一定不會懂。爺爺一整天什麼事都沒做，只會看電視發呆，所以我不打算跟爺爺說什麼。

我裝作沒聽到，爺爺就這樣晃啊晃的散步到庭院裡。我家庭院雖小，但是有個小小的池塘。池塘裡面好像有魚，只是我從來沒見過什麼魚。爺爺會固定餵飼料給魚吃，可我對

池塘的小魚兒一點興趣也沒有。

爺爺在庭院裡種了很多樹，也養了很多花。爺爺以前曾是專門種樹的師傅，雖然現在有點老人痴呆了。

爺爺又晃回來了。爺爺啊，我好煩呀，爺爺在我面前一蹲，手上拿著什麼，往自己的嘴邊靠近。那是開在庭院裡的紅色山茶花。原來，爺爺跟我是在同一個地方缺牙啊，他把花插在那缺牙的縫裡。

爺爺……在缺牙的縫裡插上花的爺爺笑到滿臉都是皺巴巴的皺紋。然後，他另一隻手拿起了另一朵小枝枒上的紅色山茶花遞給我。我伸手接過了花，也把花插在我的缺牙縫裡。爺爺和我對看了彼此插上花的牙縫，不禁笑了出來。

缺牙雖然很難看，也很討厭，但是稍稍裝扮一下，也滿好玩的呢。

# 「毛巾」真好耶

要我坦誠說出來實在有點不好意思，其實……我喜歡毛巾，而且是非常非常喜歡。我的名字叫作茂津，我甚至想過，乾脆直接改名叫毛巾，因為我真的超級超級喜歡毛巾。自我介紹時，我都說我叫「蕭毛巾」，而不是「蕭茂津」喔。這名字感覺真好耶。總而言之，我無法想像我的人生若

是沒有毛巾該怎麼辦，我是多麼多麼喜歡毛巾呀。

我喜歡的毛巾是擦臉時用的那種大小。軟綿綿的高級毛巾或是有品牌圖案的那種都好，我最最最喜歡的是洗了好幾次，有點舊舊皺皺的那種。

我最需要毛巾的時刻是在睡覺時。我喜歡把毛巾平鋪在枕頭上，然後咬著毛巾硬硬的邊邊角角，再躺平，用毛巾在臉頰上摩擦。剛開始毛巾的觸感有點冰冰涼涼，後來就會慢慢的愈來愈暖和。這時毛巾好像接受了全部完完整整的我一般，這種溫暖的感覺讓我欲罷不能。在夜晚時分，毛巾吸走了我的汗水和口水。或許，我和毛巾正在做著同一個夢境也說不定呢。

我沒有跟班上同學說過毛巾的事。因為這是我一個人獨享的祕密，我沒辦法輕易開口跟別人說。

如果要說可以跟誰分享也沒關係的話，應該只有那隻貓咪吧。我在公園裡碰到牠三次了。第一次和第二次牠都逃走了，但是第三次牠沒逃走，所以我就試著走到牠身邊。牠是一隻白色、咖啡色和黑色相間的三花貓，黑色的鼻子和臉頰上的黑毛混雜，實在是隻醜不拉機的野貓。但正因為醜到爆，才又覺得牠醜得好可愛，於是我伸手摸了摸牠背上的三花毛。

結果一摸驚為天人！牠的毛摸起來非常光滑柔順，完全不像是醜貓咪的觸感。我突然想到我的毛巾，於是我用臉頰

輕輕摩擦了一下牠滑溜溜的毛。

如果……我是說如果，如果以後我有了喜歡的女生。我睡覺的時候，希望陪在我身邊的是哪個呢？女孩子呢？還是毛巾呢？我想我一定選毛巾，百分之百絕對一定選毛巾。只要我有這麼一條溫暖的毛巾，就算是獨自旅行，我什麼地方也敢去，絕對是這樣沒錯！

我一直這麼想著。如果對象是那隻小貓咪的話，讓我帶牠一起去旅行，我也願意。因為小貓咪會在我的枕頭上攤平，睡得像條毛巾一樣。對了，我就幫那隻小貓咪取名叫「小毛巾」吧。蕭茂津與小毛巾，感覺還挺不賴。帶著牠跟我一起去旅行，牠會不會跟我做一樣的夢呢？我忍不住幻

想著。

可是，在那之後，我就再也不曾見到醜不拉機的「小毛巾」了。

# 「酒窩」真好耶

我有個喜歡的男生，可是他從來都不曾注意到我。連我渾身上下最充滿魅力的酒窩都沒發現，真令人生氣呢。

如果他不稱讚我，我就自己誇讚自己好了。我站在鏡子前面，微微一笑，兩邊的臉頰出現了一個小小的精緻的酒窩，每次看到，就忍不住想大聲說：「實在太可愛了！」

雖然如此，我那酒窩一下就變淡，隨即便消失了。實在是晴天霹靂！另一方面，希望喜歡的那個他注意到我，想讓他看到，所以我努力減肥，因為我看起來有點肉肉的，只好連最喜歡吃的甜點和義大利麵也拼命忍著不吃。但我一減肥，酒窩就快要消失了，因為胖胖的臉頰上肉肉都變少了。儘管我覺得自己減肥後側臉的角度看起來真的漂亮多了。

想到我不僅快要失去魅力酒窩，還無法更進一步接近他，便不由得在教室裡垂頭喪氣，彷彿失去了鬥志，開始懷疑人生。就在此時，一隻手搭在我的肩膀上。我馬上意識到這是男生的手。一定是他！我內心小鹿亂撞，好不容易才按捺住撲通撲通的心跳聲，慢慢回過頭去，站在我眼前的人不

是他，而是別的男生。

原來是小康，那傢伙在馬桶巨無霸大便沖不下事件發生的當下、異常興奮而到處大聲嚷嚷。我心如死灰，失望至極！小康指著自己的酒窩對我說，「小琪，妳看我也有酒窩喔！」

仔細一看，果真小康的臉頰上也有酒窩。我至今完全沒有注意到。因為，我對小康一點興趣也沒有，才不可能注意到他。我只希望心裡的那個他能夠注意到我，才不管小康到底有沒有酒窩呢。沒想到小康又接著說：「小琪的酒窩看起來比我還可愛呢！」

我才不在乎小康怎麼看我呢，但是……確實有人注意

到我的酒窩了，可惜那個人是小康。我有種不知道應該要開心，還是不開心的那種難以言喻的心情。我要減肥變得修長苗條，或是讓酒窩變得精緻明顯？到底怎麼選擇，對我才是最重要的呢？

我非常迷惘，想說要不要乾脆放棄減肥好了。讓我柔軟的臉頰重新敗部復活，再度讓我的酒窩變得明顯，這樣一來，他應該會注意到我吧。我說的不是小康，是我心裡的那個他喔！我想來想去只有酒窩才是我的迷人焦點。如此一來，我就可以盡量吃最愛的甜點和義大利麵了。我才不管什麼減肥呢，我要重新贏回我的小酒窩！

# 「小雞雞」真好耶

週日傍晚，我正準備要洗澡時，爸爸剛好也脫光光進浴室，沒辦法，只好和爸爸兩個人一起洗了。

我已經好久沒跟爸爸一起洗澡了。沖一沖澡後，我就先進了浴缸。因為身體如果沒有沖乾淨就進去會被媽媽罵。媽媽愛乾淨、有潔癖，也很愛嘮叨。等到爸爸也沖完澡，準備

要進入浴缸時，只見他一抬起了腳……啊………爸爸的小雞雞就在我眼前晃啊晃。跟我的小雞雞相比，爸爸的小雞雞比較長，顏色也比較黑，旁邊長了很多毛，但是小雞雞垂垂的，看起來有種垂頭喪氣、無精打采的感覺。

爸爸和我在浴缸裡排排坐，放鬆身體。這時，爸爸清了一下喉嚨說：「小智，以後你的小雞雞也會長大喔。」咦？我的小雞雞還會再長大嗎？

「當然會呀，當你的小雞雞長大了，就代表你長成大人了！」那爸爸的小雞雞算是已經長大了嗎？

爸爸再重重的一咳，清了一下喉嚨，繼續說道：「有時候會長很大，有時候會沒長大，這就是真正的男子漢！」

我有點聽不太懂，不過既然是爸爸說的，我相信我的小雞雞有一天也會長大。爸爸和我從浴缸裡出來，再把身體仔仔細細洗乾淨。

我們一邊洗澡，一邊聊天。爸爸還答應我，下次要帶我去站著吃烤雞肉串的店呢。爸爸叮嚀我安親班的功課雖然很重要，但是也要好好運動等等。然後又問我在班上有沒有喜歡的女生。是說我怎麼可能會跟爸爸講呢？當然我也不會跟媽媽講。

門外傳來媽媽的聲音。「趕快洗一洗，晚餐煮好了喔。」爸爸和我對看一眼，我們不禁偷偷笑了，趕緊沖一沖就出來了。

我想，我其實還滿喜歡爸爸那看起來垂頭喪氣的小雞雞呢，如果媽媽也喜歡爸爸的小雞雞的話，那就太棒啦！

# 「甜甜圈」真好耶

某個細雨紛飛的星期日，身後傳來了媽媽的聲音。

「動手吧，這種日子最適合做甜甜圈了！」我一聽，馬上穿好圍裙，開始準備做甜甜圈。

我量了一下麵粉，準備雞蛋和砂糖，捲起袖子的媽媽則把蛋和糖放到稍大的玻璃碗公裡，加入水後，開始揉捏甜甜

圈的麵團。而我則是把餐桌整理乾淨，把包裝紙的白色那面往上平鋪在餐桌上，再撒上麵粉。媽媽把已經揉捏好的麵團放在上面，再用擀麵棍慢慢擀平，還開始愉快的哼起歌來，我也跟著一起哼。

接下來是壓模。媽媽分別用大水杯，還有爸爸喝酒的小酒杯來壓型。媽媽先用大水杯壓出大圓，再用小酒杯在中央壓出小圓，如此一來，就有圈圈形狀的甜甜圈和圓圓形狀的甜甜圈。

媽媽炸甜甜圈時，總是換上新油。媽媽說新的油才不會「胃脹氣」。現炸的熱呼呼甜甜圈一起鍋，我就迅速、均勻的撒上糖粉。媽媽和我屏氣凝神的等待這一刻，全世界最美

味的甜圈圈大功告成了！

媽媽的甜甜圈是從外婆那裡學來的，而我則是從媽媽那裡學來的。要是將來我也有女兒，等女兒長大，我也一定要教她做甜甜圈！

媽媽和我泡了紅茶，開始享用現炸的甜甜圈，這麼好吃的甜甜圈，不管幾個我都吃得下。媽媽對我說：「小音，甜甜圈吃太多，晚餐會吃不下喔。」才不會呢，我和媽媽一起做的甜甜圈都有別的肚子可以塞，晚餐不會吃不下。要是下週日也下雨就好了，這樣我就可以再跟媽媽一起做甜甜圈了喲。

下次做了甜甜圈，我想送給一個同學吃，那個人就是蕭

茂津。之前我帶甜甜圈去學校請大家吃，午休之後我打算請他吃，可是蕭茂津一點都不在意我做的甜甜圈。他只顧著把包包裡的毛巾拿出來在臉頰邊磨蹭，看起來實在有點變態呢。但是，我還是喜歡這樣坦率的蕭茂津。他對我愈是冷淡、愈是不在意，我愈是喜歡他。

明天我再帶些甜甜圈去學校吧。媽媽和我一起做的甜甜圈真的是宇宙無敵第一好吃！

# 「兄弟幫」真好耶

我們兄弟幫有四人，我最討厭跟女生為伍，因為女生真的很煩。女生不僅很愛告狀、亂抱怨，又喜歡裝模作樣，而且還經常嘻嘻哈哈的笑來笑去。我們兄弟幫都是男生，彼此之間不用顧慮太多，相處起來自由自在。

下課後，我們幾個遊手好閒的兄弟幫聚集在我的房間。

因為爸爸媽媽都在上班，所以沒有囉嗦嘮叨的大人。電動玩夠、漫畫也看膩了之後，我打開窗戶，看見我家後院的農田。田裡種了高麗菜、青蔥和白蘿蔔。雖然假日的時候，爸爸都會在田裡澆澆水、除除草，但因為不是很勤於農耕，所以種出來的菜有的被蟲蛀了，有的葉子都枯了。

目標是那顆高麗菜。我們一起並排站在窗邊，對準了高麗菜後，四人一起發射尿尿噴彈。我知道這樣亂尿尿是不對的，但這裡是我家後院，又有什麼關係呢。

我們第一次對著高麗菜撒尿是半個月前。我們兄弟幫的其中一個站在窗邊尿尿時，不小心撒到高麗菜上。明明已經離了一公尺左右，竟然一發擊中。我們一時興奮無比，便輪

流對著高麗菜撒尿。之前有人沒尿到，這次卻是全員命中。當我們四個兄弟並排而站，對著高麗菜噴尿時，我強烈萌生一種男子漢之間前所未有的驕傲感。

高麗菜田旁有一隻小貓咪湊巧經過。我們本來也想對準牠撒尿，結果牠一溜煙就跑走了。下次牠再出現，我們一定要一泡擊中。

陰雨天持續了好一段日子，好不容易放晴那天，我們打開窗戶時不約而同「啊！」的大叫了一聲。那顆高麗菜居然長大了一倍之多，實在太厲害了。一定是我們的尿滋養了它，因此我們還沾沾自喜的將它取名為「尿尿怪麗菜」。

這麼好玩的事，是只有哥兒們之間才能擁有的樂趣。要

是有女生在，我們一定會被告狀、被抱怨吧。不過，若是說到要吃「尿尿怪麗菜」，我們兄弟幾個還真是提不起勇氣呢。

是說自從那次之後，就再也沒看到那隻小貓咪了。我們兄弟幫其他三人好像也沒瞧見。真是可惜呀。高麗菜之後的下個目標就是那隻小貓咪說。如果我們的尿尿大軍也成功命中牠，說不定「尿尿怪貓」也會變成巨無霸吧，實在太好笑啦。

# 「寂寞」真好耶

爸爸因為工作的關係人在國外。我最喜歡爸爸了，所以常常想如果可以跟爸爸一起去的話，那該有多好。因為媽媽也得工作，哥哥要準備考高中。加上爸爸平常並沒有那麼多時間可以陪我，所以爸爸在遠方工作，小南我真的感覺好孤單。媽媽和哥哥都有事情忙，他們應該不會像我這麼寂寞吧。

放學後，我邊走路回家，邊胡思亂想著。這時，就在大樓外面的樓梯下，遇上了那隻小貓咪。我坐在小貓咪身邊，開始跟牠天南地北亂聊起來。貓咪聽不懂我說的話，當然我也聽不懂貓咪的語言。但是，我還是想跟牠聊聊天，希望小貓咪能固定成為我傍晚時刻分享心事的夥伴。

那隻三花貓到底跑去哪裡了呢？最近怎麼都沒來？害我一個人好孤單。

後來我才知道原來這麼想的人不只有我。開班會的時候，阿廣給我看手機裡他和小貓咪合照的相片，這不就是我那隻小貓咪嗎！原來大家都認識牠，最近小貓咪不見了，大家都覺得好孤單。原來感覺到寂寞的，不是只有我一個人

而已。

班上很多同學都認識那隻小貓咪，有人摸牠、跟牠一起玩，有人給牠飯、餵養牠，有人追趕牠、逗弄牠，但是跟牠聊天說心事的好像只有我。原來大家都把小貓咪的事當作心裡的小祕密。

要不要一起找那隻小貓咪呢？如果找到的話，我們就一起收養牠。小春邊說邊拿出筆記本遮住門牙的缺縫，這麼一說，那個英雄阿和馬上回道，那隻小貓咪是個來無影去無蹤的野貓，怎麼可能願意乖乖當我們的寵物呢？

來無影去無蹤？我第一次聽到這個字彙，我們的班導津惠老師馬上打開電子字典。津惠老師是國語課的老師，總是

隨身攜帶電子字典。「『來無影去無蹤』就是指像一陣風來去自如的意思，也就是指難以掌握的意思。」

雖然老師費盡心思說明，但是我們還是懵懵懂懂的聽不太懂。這時，我們腦海裡模模糊糊浮現出的是——那隻小貓咪在陣陣微風中晃頭晃腦走路的模樣。那是隻心情颯爽、昂首闊步的貓。

「我想到了，要不要來做個貓咪新聞呢？」總是緊跟在英雄阿和旁的那個跟屁蟲阿翔居然難得開口大聲提議。貓咪新聞？好呀，只要跟貓咪有關的什麼都好，我們大家一起撰稿、一起蒐集資訊、一起來做貓咪新聞吧。

本來有點鬱悶的我們，突然眼前一片開朗，大家的表情

頓時又恢復了平時的神采奕奕。貓咪新聞，光是聽起來就覺得很好玩。說不定我們會因此找到那隻小貓咪呢。我因為爸爸和小貓咪不在身邊，覺得孤單又寂寞，但現在我總算恢復點精神，感覺又可以稍稍振作了。

# 「貓咪新聞」真好耶

我呀，居然成了貓咪新聞的主編了。明明提議的是阿翔，結果大家都說小健比較適合，所以我就變成主編了。唉呀，這下慘了。我爸爸是動物醫院的醫生，所以大家都以為我一定對貓咪很熟悉，其實我一點也不熟，真的是完全不

熟。因為我喜歡的其實是爬蟲類，像烏龜或蜥蜴那類的。

津惠老師為了貓咪新聞，特地把黑板旁邊的空間讓給我們用。我們在那裡放了一個壓克力白板，大家可以在上面寫關於貓咪的所有事，要貼上相片或是圖片什麼的都可以，這就是我們的貓咪新聞。

但是，倘若什麼都是我自己一個人做，實在太麻煩了。所以，我就任命阿翔為副主編，阿翔本人倒是鬥志滿滿，每天都一大早就進教室，打掃完後，就開始準備白板。他現在比起我們原本認識的那個跟屁蟲阿翔更是來得意氣風發。

如果我們在做貓咪新聞的這段期間能夠找到那隻小貓咪，那就是個超大的獨家新聞。

不知誰那麼幸運，能夠得到這個天大的獨家新聞呢？光想就讓我期待不已。

# 貓咪新聞

貓咪吃不吃甜甜圈？
我想餵牠吃吃看。
這是星期天我跟媽媽
一起做的「世界獨一無二
超美味甜甜圈」。

小音

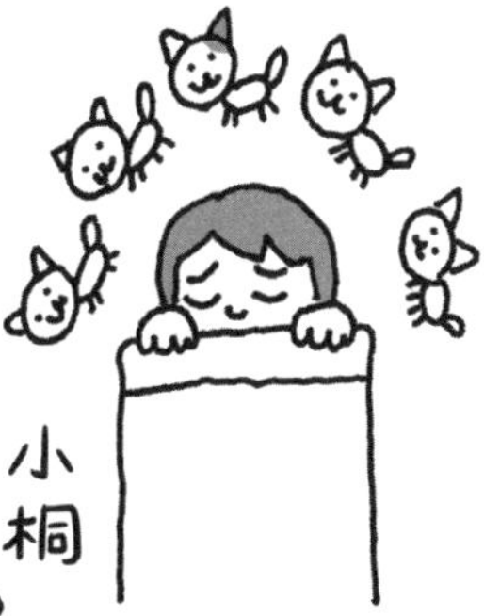

睡不著的時候，
我就數貓，可是，
我還是睡不著。

小桐

好想知道貓咪的味道，就
算臭臭的也沒關係。我想緊
緊抱住貓咪，然後用力吸牠的
味道。

小健

原來三花貓是母的。
也就是說，那隻貓
咪沒有小雞雞！

小智

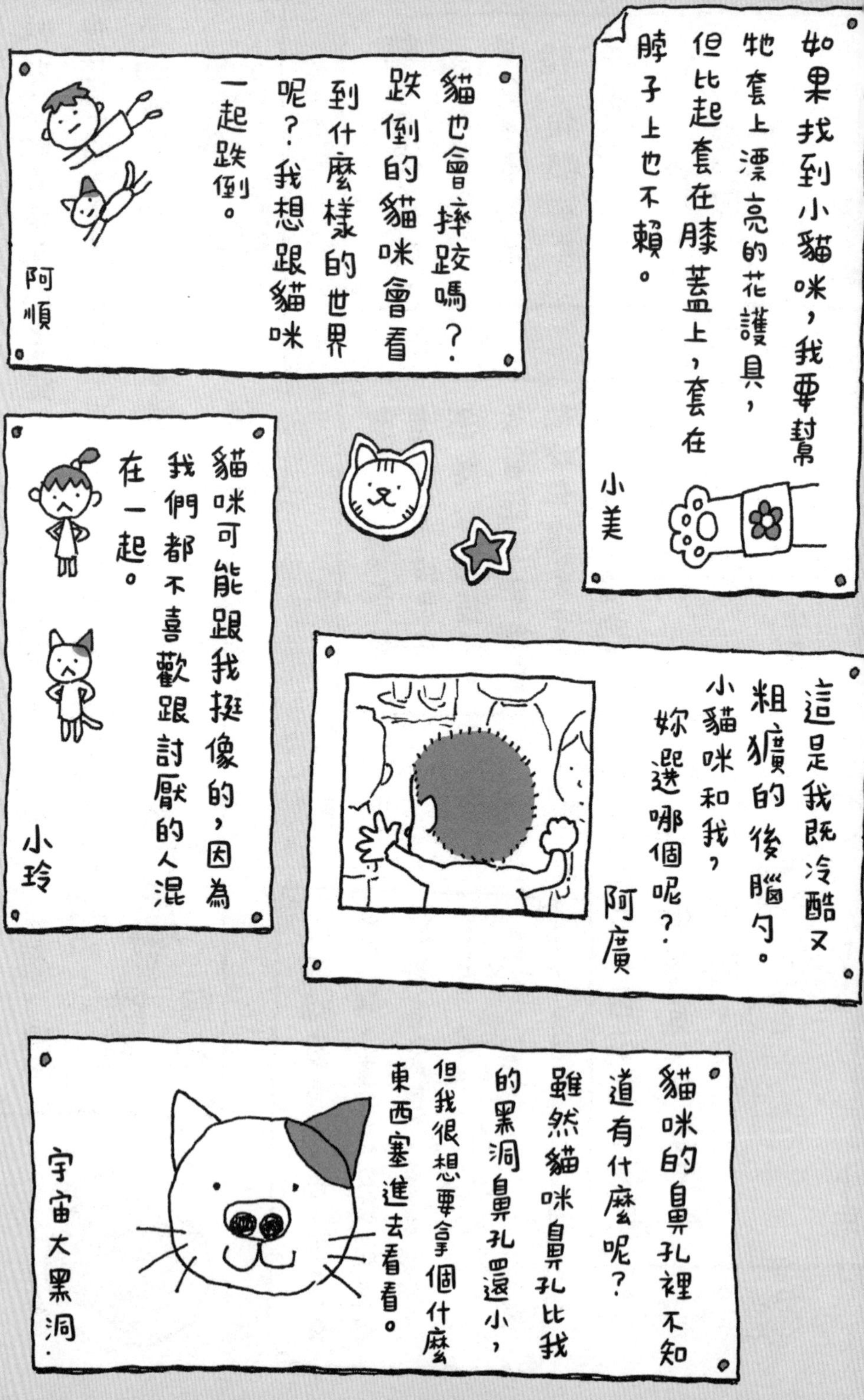

如果找到小貓咪，我要幫牠套上漂亮的花護具，但比起套在膝蓋上，套在脖子上也不賴。
小美
貓也會摔跤嗎？跌倒的貓咪會看到什麼樣的世界呢？我想跟貓咪一起跌倒。
阿順
這是我既冷酷又粗獷的後腦勺。小貓咪和我，妳選哪個呢？
阿廣
貓咪可能跟我挺像的，因為我們都不喜歡跟討厭的人混在一起。
小玲
貓咪的鼻孔裡不知道有什麼呢？雖然貓咪鼻孔比我的黑洞鼻孔還小，但我很想要拿個什麼東西塞進去看看。
宇宙大黑洞

妹妹說她也看過那隻貓，但仔細一問，不是三花貓，而是虎斑紋的短毛貓，真可惜！

三花貓

短毛貓

阿翔

貓咪還沒找到，雖然有不少目擊者的情報，但都不是正確的。

小健主編

我也想像貓咪一樣，變成來無影去無蹤的人。

阿和

我家池塘旁有一隻小魚掉出來，然後就乾掉了。爺爺說：「是哪隻貓咪在搗蛋呀？」該不會就是那隻三花貓吧？

小春

小貓咪沒有酒窩，但是有鬍鬚。不管是公貓還是母貓都有鬍鬚，真奇怪耶。

小琪

有沒有人跟小貓咪說過話？如果有，好想跟那個人聊一聊。

小南

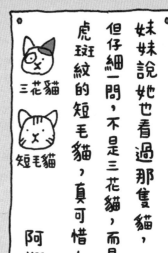

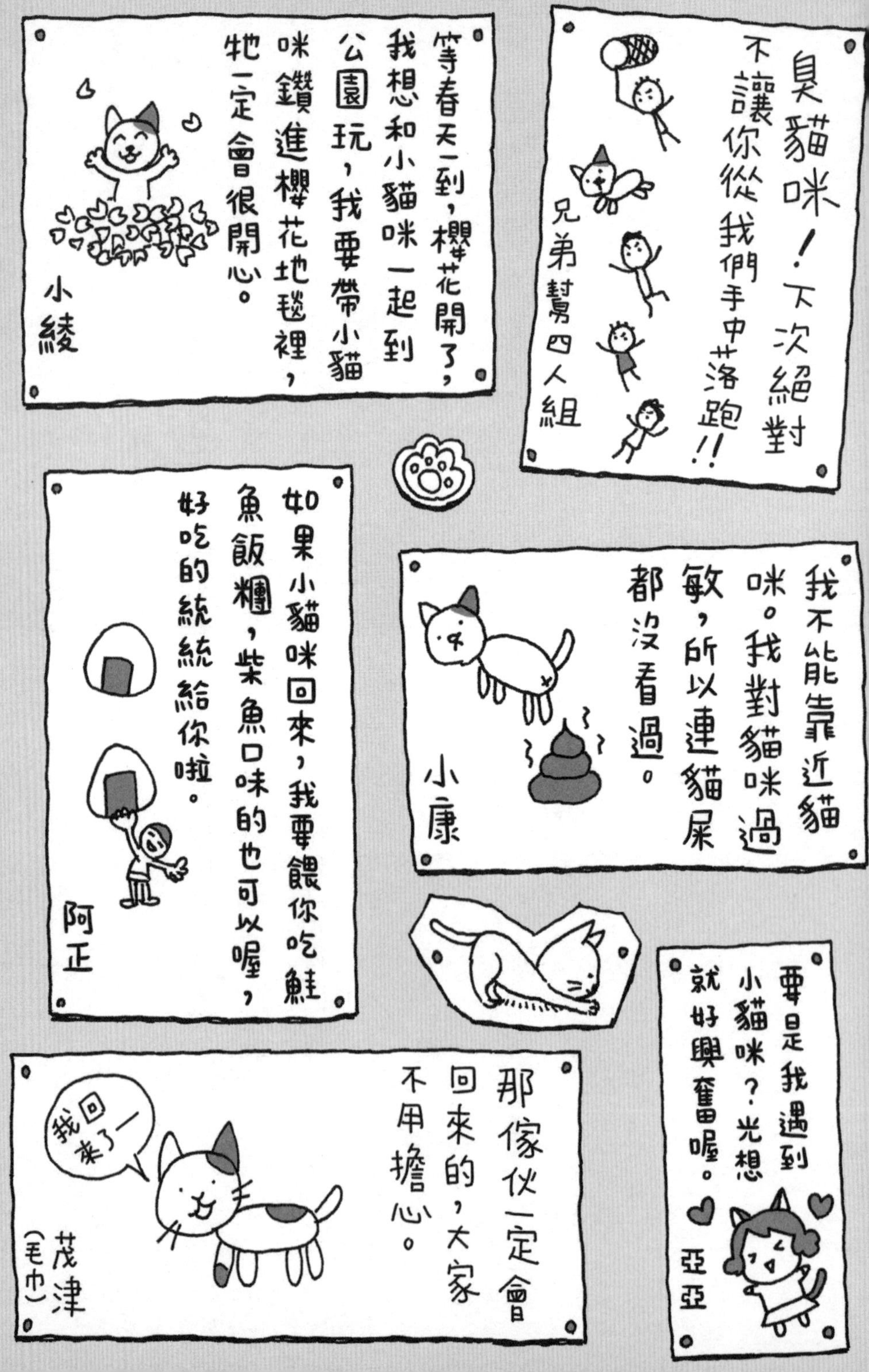
臭貓咪！下次絕對
不讓你從我們手中落跑！！
兄弟幫四人組
等春天一到，櫻花開了，
我想和小貓咪一起到
公園玩，我要帶小貓
咪鑽進櫻花地毯裡，
牠一定會很開心。
小綾
我不能靠近貓
咪。我對貓咪過
敏，所以連貓屎
都沒看過。
小康
如果小貓咪回來，我要餵你吃鮭
魚飯糰，柴魚口味的也可以喔，
好吃的統統給你啦。
阿正
要是我遇到
小貓咪？光想
就好興奮喔。
亞亞
那傢伙一定會
回來的，大家
不用擔心。
我回來了——
茂津
（毛巾）

以上，就是貓咪新聞。

雖然還是沒有找到小貓咪，但是製作貓咪新聞愈來愈好玩，還有同學提議要製作尋找小貓咪的紀錄片呢。如果同學有智慧型手機的話，就可以拿來錄影，這樣也許拍得成紀錄片喔。

小健主編

# 「見不著」真好耶

號外！大新聞！我們家附近的婆婆跟我說：「亞亞，我在附近的公園裡看到那隻小貓咪喔！」

之前，婆婆看過那隻小貓咪來過我家，當時我餵小貓咪吃飯，還用逗貓棒跟小貓咪玩。婆婆看到小貓咪時，本來還想靠近，結果被小貓咪抓了，所以我想婆婆應該不會認錯。

婆婆說她在公園裡出聲叫了小貓咪，還被小貓咪瞪了一眼呢。

我跟班上同學說了之後，大家都一片喧嘩。稍晚才來的小玲說，她昨天在公園附近也看到那隻小貓咪了。茂津說來學校途中也看一那隻很像小貓咪的貓。這些消息在班上簡直造成大轟動！

大家決定放學後一起去尋貓。可惜有同學要去安親班，也有人要去上才藝課，雖然不能全班一起去，但我們還是決定幾個人先去找找看。

大家迫不及待的苦等到下課後，加上我十幾位同學，一窩蜂一起出發去找貓。我們的目的地是公園。因為，我家附

近的那位婆婆和其他同學說看到小貓咪的地點幾乎都是在公園附近。本來我一直覺得這座公園沒有很大，但一開始找貓，才發現大大小小的樹叢或草叢，一到春天開著櫻花的大樹或小樹滿布在公園裡，還有池塘和廁所小屋等等，我才意識到這其實是一座相當大的公園。

大家分頭行動，尋遍公園裡的各個角落，連附近的道路也都找過了。可是，還是沒有找到那隻小貓咪。我們只好集合，喝點果汁之類的飲料，正當快要放棄的時候，阿正一臉嚴肅的跑了過來。原來他發現小貓咪了！他說若是出聲大喊，擔心會嚇跑牠，所以趕快衝過來通知我們。

我們跟著阿正跑過去。跑在前方的阿正轉頭「噓！」一

聲，示意大家停下來。阿正手指一比，我們順著看了過去，草叢中出現了那隻令人想念的三花貓。

不僅如此，三花貓的後方出現了三隻蠕動的小奶貓。那一定是三花貓的小寶寶！三花貓不在我們身邊出現的這段期間，原來是去生小寶寶了呀。

大家再也按捺不住蠢蠢欲動的心，躡手躡腳的悄悄靠近貓咪身邊。三花貓也發現了我們，但是牠沒有逃走。牠慢慢橫躺身體，升格成媽媽的三花貓讓三隻小奶貓趴在牠身上吸奶。我們一片安靜，默默望著貓咪母子們。

隔天，我們起了個大早，上學之前特意跑到公園。可是，貓咪母子們都不見了，怎麼找都找不到。

至今已經一個月過去了，還是沒有找到貓咪。牠們到底去了哪裡呢？

想到再也見不著了，內心就悶得發慌。但是，我是一定不會放棄的。我不會放棄繼續尋找貓咪。同學們大家約定好，「貓咪新聞」要繼續做下去！

因為，我還想再見到那隻貓咪。就算現在見不到，但是我相信，有一天我們一定能夠再相見！

見不著面，雖然讓人感到孤單，我不喜歡這樣。但是，因為非常非常想念，思念的心情滿滿的，即使見不到也無所[illegible]關係，我一定會好好的！

作者後記

# 童年「真好耶」

孩提時代的我，會讓人想到「真好耶」的地方幾乎沒有，我長得瘦瘦小小，而且三天兩頭就生病。

我體重很輕，大概從小一到小六都是全年級倒數的。我不喜歡自己這樣，所以曾經試著在健康檢查之前喝水，把肚子撐到快脹破，可惜還是一樣瘦巴巴。

我常一發燒就沒有食欲，躺在床上渾身無力。那時媽媽

就會把蘋果磨成泥，再用紗布巾擠出汁來，做成好喝的蘋果汁給我喝。我因為全身發燙、軟弱無力，感到很不舒服，但是喝到媽媽現做的蘋果汁時，感覺實在「真好耶」。

我瘦巴巴的鳥仔腳也最討厭運動會了。我總是跑最後一名，有時還會被後一組起跑的人給追過去。儘管覺得很丟臉，但我轉換思考，認為自己也並非事事都做不好。既然如此，我就來做些自己做得來的吧。我會每天想菜單，再幫媽媽煮煮飯。在下雨的星期天，和媽媽一起做甜甜圈或布丁，也覺得「真好耶」。

後來媽媽和爸爸離婚，我成了單親小孩，一起生活的姑姑和姑丈是演員，因此經常有許多電影或戲劇相關的客人來

家裡拜訪，大都是有個性且比較偏激、執拗的怪人。在那些怪人當中，看著特別成熟穩重的媽媽，我就下定決心「一定要永遠守護媽媽」！這大概是我上小學之前的事了。

小時候，小小瘦弱的我被一群奇怪大人圍繞著長大，常覺得很累，但我那時並不討厭這種名為人類的生物，也沒有不喜歡。雖然有好多受傷、生氣、悲傷的事，但在孩提時的我的小小內心裡，其實覺得那些奇怪大人還滿可愛的。

現在就算努力回想，還是有很多模模糊糊的地方，但我打從心底覺得，童年實在「真好耶」。

筒井共美

小麥田

故事館91

# 真好耶！小學生快樂生活日記

いいね！

作　　者　筒井共美（筒井ともみ）
繪　　者　吉竹伸介（ヨシタケシンスケ）
譯　　者　許婷婷
封面設計　貝　苗
校　　對　呂佳真
責任編輯　汪郁潔

國際版權　吳玲緯
行　　銷　何維民　蘇莞婷　吳宇軒　陳欣岑
業　　務　李再星　陳紫晴　陳美燕　葉晉源
副總編輯　巫維珍
編輯總監　劉麗真
總 經 理　陳逸瑛
發 行 人　凃玉雲
出　　版　小麥田出版
10483台北市中山區民生東路二段141號5樓
電話：(02)2500-7696
傳真：(02)2500-1967
發　　行　英屬蓋曼群島商家庭傳媒股份有限公司
城邦分公司
10483台北市中山區民生東路二段141號11樓
網址：http://www.cite.com.tw
客服專線：(02)2500-7718｜2500-7719
24小時傳真專線：(02)2500-1990｜2500-1991
服務時間：週一至週五09:30-12:00｜13:30-17:00
劃撥帳號：19863813　戶名：書虫股份有限公司
讀者服務信箱：service@readingclub.com.tw
香港發行所　城邦（香港）出版集團有限公司
香港灣仔駱克道193號東超商業中心1/F
電話：852-2508 6231
傳真：852-2578 9337
馬新發行所　城邦（馬新）出版集團 Cite (M) Sdn Bhd.
41-3, Jalan Radin Anum,
Bandar Baru Sri Petaling,
57000 Kuala Lumpur, Malaysia.
電話：+6(03) 9056 3833
傳真：+6(03) 9057 6622
讀者服務信箱：services@cite.my
麥田部落格　http://ryefield.pixnet.net
印　　刷　漾格科技股份有限公司
初　　版　2021年1月
初版二刷　2021年2月
售　　價　260元

ISBN 978-957-8544-47-5
Printed in Taiwan.


國家圖書館出版品預行編目資料

真好耶！小學生快樂生活日記／筒井共美（筒井ともみ）作；吉竹伸介繪；許婷婷譯. -- 初版. -- 臺北市：小麥田出版：英屬蓋曼群島商家庭傳媒股份有限公司城邦分公司發行, 2021.01
面；　公分. --（小麥田故事館；91）
譯自：いいね！
ISBN 978-957-8544-47-5（平裝）
861.596　　109018603